A todos ustedes, que como yo tuvimos que enfrentarnos al miedo, esa sombra negra que te arropa y nos impide hacer lo que nos gusta por temor al juicio ajeno. A mi familia que siempre cree y confía en mi, mi pilar más importante, gracias. A ti siempre B* por ser tan *especial.*

Cada cuento lleva una historia, un libro que tiene palabras y frases guardadas desde hace años. Están escritos en viajes, en playas, en la montaña, en lugares únicos. En aviones, guaguas, metros, trenes... a veces en compañía y otras en completa soledad. No me considero escritor, simplemente tengo un pasatiempo que para mí es un arte. El poder crear historias con palabras y despertar una emoción en tu interior.

Hoy supero el miedo y le enseño al mundo algo que me encanta hacer, para demostrarme a mí mismo que puedo. Y sobre todo que tú también puedes.

Josep A. Baute

ÍNDICE

Sentía escalofríos con solo verlos, pero se armaba de valor por ella. A su madre le daban pavor aquellos seres. Él sabía dónde se escondían, primero introducía la cabeza, luego se iba arrastrando hasta entrar en aquel lugar. La oscuridad del sótano parecía absorber la luz, Matías entraba con temor, a pasos lentos. Sus manos palpaban las paredes húmedas, de aquel sótano oscuro. No veía nada.

El corazón le latía con fuerza, parecía escuchar susurros, voces que venían de todos lados. Oyó una respiración, se quedó inmóvil, tembloroso. Pero sus ojos brillaban entre tanta oscuridad, tenía un propósito, no podía bloquearse, el miedo no era lo suficientemente grande como lo que sentía en su interior.

Aquellos lagartos, eran la única forma que encontró Matías para que su madre le prestara algo de atención. Daba igual el castigo, daba igual la bronca, daba igual tener la marca y el cachete al rojo vivo, porque por un instante parecía que esos dedos le acariciaban la cara y le hacía sentir que no estaba solo.

LOS HERMANOS

Ayoze y Jonay eran dos hermanos que se querían y apreciaban profundamente, creando así un vínculo inigualable. Desde que nacieron, no se despegaron el uno del otro.

Aquellos muchachos fueron creciendo y seguían tan inseparables como el primer día, pero una mañana recibieron una noticia que lo cambió todo.

Uno de sus tíos había fallecido y les había dejado todas sus riquezas. Era un señor bastante raro y despegado de la familia. Así que aquellos niños no paraban de saltar de alegría y satisfacción por la herencia de su tío.

Después de unos meses aquellos hermanos movidos por la codicia y el afán de poder, chocaron en una discusión acalorada que provocó la separación de ambos para la eternidad.

Nunca más se vieron, pero antes de morir escribieron exactamente lo mismo:

"Ojalá me hubiera dado cuenta de lo rico que era a tu lado, hermano".

TALLARINES FRITOS

Saboreaba con la mirada cada plato que el restaurante chino me servía en la mesa. Solía cenar una vez al mes allí. Era un lugar cálido, acogedor, siempre olía arroz. El atardecer se veía desde el ventanal que tenía pegado a mi mesa. Todo aquello me hacía recordar buenos y malos momentos. Estar allí era muy duro, lo utilizaba como terapia de choque. Algunos días funcionaba y otros no. Sin embargo, hoy tenía una sensación extraña.

Todo transcurrió como de costumbre, pero una voz detrás de mí me sobresaltó. En ese momento, mis pulsaciones se aceleraron. No me podía creer que estuviera allí. La boca se me secó, no podía hablar, ni siquiera pude girarme.

- Lo de siempre, tallarines fritos con pollo y arroz por favor.- Dijo ella, mientras se reía tímidamente.

Era imposible que fuera real, ella no está. Intenté relajarme, pero por dentro pensaba: ¡es ella, es su voz, es su voz! me repetía, estaba tan seguro que volteé rápido, ansioso por verla de nuevo, pero allí no había nadie. Excepto yo.

Bailando en el salón, mientras suena nuestra canción, las imágenes suceden en nuestra cabeza sin cesar, tantos años de esfuerzo, de lucha...

La canción nos anima, nos da fuerzas para bailar bajo el escombro, bajo la tierra, el polvo, el suelo levantado, los cables pelados, las grietas y los huecos en la pared.

Un caos constante se oye fuera, la gente grita, llora, y corre sin cesar, se escuchan disparos, estruendos que hacen temblar las paredes. El miedo nos invade, pero aquella música nos hace olvidar, nos vamos acercando tanto que por unos segundos somos capaces de abandonar aquel lugar siniestro.

Tus abrazos, tus caricias y tus besos me hacen sentir vivo, siento que todo a mi alrededor es perfecto. Las lágrimas se resbalan por nuestras mejillas. Nos abrazamos sabiendo que es la última vez. Aun así quiero pasar mi último suspiro mirándote, riendo y agradeciendo a la vida por ponerte en mi camino.

Te amo.

¡CUIDADO CON EL LOBO!

El lobo feroz, el temible, el hambriento, el malvado, el asesino. Entre otros nombres que la buena gente de Benijo le apodaba. Aquel pequeño pueblo era muy peculiar, estaba situado justo en medio de un frondoso y oscuro bosque. Sus escasos habitantes tenían algo en común. Todos odiaban al Lobo Feroz. Aquel animal aparecía de la nada. Corría detrás de las personas para devorarlas. Sus enormes colmillos afilados como cuchillas. Aquellas uñas largas y sucias con los restos de sus presas. Su pelo áspero y duro como una piedra.

Un día lo vieron correr monte arriba a toda prisa con los ojos rojos. Parecía que alguien le había inyectado sangre. La gente tenía mucho miedo, pensaban que se había comido a un animal maldito. Pero no, resultó ser que aquellos ojos ensangrentados, el color rojizo de su cara y los sudores eran de tanto correr para que la abuela Dolores no le alcanzara con la chola de levantar.

Supongo que hay cosas que no cambian, sean abuelas de cuentos o de carne y hueso, si molestas a la abuelita te dará una nalgadita.

¡DOS LOCAS POR EL MUNDO!

Hay amores que te hacen vibrar de emoción, que te llenan de escalofríos, que desatan pasiones con una mirada. Hay amores que te hacen estar más feliz, más graciosa, más pura, más libre. Hay otros que te hacen soñar despierta, que te vuelven tan loca que pierdes la noción del tiempo, del espacio, de tu cuerpo y hasta de tu propio ser.

Aquel era un amor de esos, ellas no lo sabían pero estaban locas, tal vez por eso el destino las unió, dos locas por el mundo. Daban muchos paseos a la luz del sol y a la sombra de la Luna. Conocían muchos lugares, senderos y barrancos. Siempre inseparables. Las llamaban "las locas", pero ellas hacían oídos sordos, les daba igual lo que dijeran. Se tenían la una a la otra. Precisamente gracias a no hacer caso a lo que dijeran de ellas, fueron infinitamente tan felices.

De pronto, un silbido de Pedro el ganadero, las trajo de vuelta por el barranco.

¡PIEDRA, PAPEL O TIJERA!

Piedra, papel o tijera, un, dos, tres, ¡ya! Dos niños juegan ignorantes en aquél lugar que lo decidirá todo. El sol brilla sin nubes que le acompañen. La sombra juega con aquellos niños en el suelo de aquella carretera larga y ancha, dibujando de color negro sus manos; una saca piedra y la otra tijera.

Los dos adultos se acercan sin mediar palabra, cada uno agarra la mano de un niño y les hacen caminar en dirección opuesta. *El ganador* mira de reojo a su compañero de partida, le guiña un ojo en forma de despedida mientras sigue caminando al avión que le espera. *El perdedor* le devolvió el adiós con una ligera sonrisa, tal vez pensando que se volverían a ver. Su caminata le hizo llegar al mar. Allí lo vio, un barco viejo, desgastado por el tiempo. Con varios niños que lo saludaban desde la Proa.

Por suerte y azar, el ganador aterrizó en EUROPA, *el perdedor* desembarcó en ÁFRICA.

EN UN ABRIR Y CERRAR DE OJOS

En un abrir y cerrar de ojos pasó mi vida. Recuerdo que estaba sentada junto al espejo de cristal, me miraba los granos que me habían salido en la frente, no paraba de comer chocolatinas. Pero mi corte de pelo con fleco ocultaba aquellos asquerosos granitos. Recuerdo que me senté en aquella mecedora de mi abuelita. Cogí el bloc de dibujo y trazaba líneas mientras sonreía tímidamente. De pronto, abrí los ojos angustiada, me había quedado dormida de nuevo para ir a clase. No me podía creer que volvería a llegar tarde al instituto. Ya era la tercera vez este mes, solo pensaba que Don Javier, el profe de matemáticas, se iba a enfadar muchísimo. Entonces me vestí con lo primero que vi y justo antes de salir me volví a mirar.

Me quedé paralizada, sin color delante de aquel espejo. No paraba de llorar, las lágrimas me deslizaban por la cara sin que pudiera impedirlo. Mi pelo era blanco, mi cara y mis manos estaban llenas de arrugas. Me di cuenta que no sabía dónde estaba, al fondo observé una sala blanca, allí también había gente como yo.

Se despertó sin memoria, estaba aturdido, no sabía muy bien cómo había llegado hasta allí. Intentó mirar a su alrededor pero no veía con claridad, incluso le costaba abrir los ojos. Lo cierto es que mientras se iba incorporando le iban viniendo recuerdos de la noche. Quiso levantarse asustado pero un jalón fuerte le hizo darse cuenta de que estaba atado con unas cuerdas a la silla. Empezaban a venirle momentos de lo sucedido.

"Al salir de trabajar a él y a su compañero de oficina los habían metido en una furgoneta blanca. Aquellos hombres de facciones raras, llenas de cicatrices, los habían secuestrado. Allí empezaron a golpearles sin piedad, hablaban otros idiomas y decían cosas ininteligibles. Mike se desplomó y yo me hice el muerto. El secuestrador salió corriendo sin más". Esto le contó Daniel a la policía, el viernes 3 de Mayo de 2025.

Saliendo de la comisaria una gota de lluvia le alcanzó la cara, se limpió y echó una sonrisa pícara en su rostro, mientras caminaba a su trabajo para celebrar su nuevo ascenso.

El frío había llegado a la ciudad de Verkalef. Hacía mucho tiempo que lo esperábamos, nosotros lo necesitamos para cubrir nuestras calles, nuestras casas y toda nuestra vida. Es la ciudad de la nieve, por lo que vivimos de ello. Cada vez quedaba menos hielo para usar, pasaban los meses y estábamos desesperados. Pero de pronto, una mañana empezó a descender mucho la temperatura, lo que desembocó en nuestra primera nevada después de tanto tiempo. Toda la gente fue a celebrarlo a la Plaza Mayor, menos uno, Réfeli, un viejo conspiranoico que aseguraba que estábamos encerrados en aquella ciudad para siempre.

En la plaza empezaron los bailes y la fiesta, todos saltaban, bailaban; de repente, todo empezó a girar, la ciudad se agitaba con fuerza. Era todo un caos. De pronto, sintieron un golpe fuerte como un estruendo. Una grieta abrió el cielo, partiendo en dos mitades la bola de cristal que le había regalado Papá Noel a María, en Navidad.

LA CARRERA

Salió de casa preocupado, mirando de un lado al otro. No quería encontrarse con ella. Caminaba despacio, con pasos cortos, con el cuerpo encorvado y prestando mucha atención a cada ruido que escuchaba. A veces se paraba y observaba de nuevo con cautela. Ni rastro de ella. Todos los días al salir de casa hacía lo mismo. Durante un tiempo no la vio, y eso le hizo confiar. Empezó a caminar con el cuerpo firme y más rápido, ya no miraba a ambos lados, ni prestaba atención a los ruidos, y en una esquina se la encontró.

Por más que corría le alcanzaba, cada día le pasaba lo mismo. Él no se quedó de brazos cruzados, se compró unos buenos tenis, livianos y con una plantilla de gel para ser más rápido, pero aun así la ansiedad corría mucho más rápido que él, y le conseguía atrapar en algún momento del día. Estuvo así un tiempo, al final se dio por vencido y dejó de correr. La ansiedad le dio la mano y se fue con ella para siempre.

ABUELO

Hijo siéntate un momento, te voy a contar una historia.

- Te acuerdas de que me preguntaste quién era tu abuelo, que abuela no quería hablar de él.

- Sí papá, cada vez que le preguntaba cambiaba de tema o me ignoraba- dijo el niño.

-Bueno verás, abuela está mosqueada con él, porque cuando yo era niño él se fue a Venezuela a buscar trabajo y al principio enviaba cartas, hasta que dejó de enviarlas. Abuela contactó con él, por medio de un amigo y ese mes llegó una carta del abuelo dónde decía que había encontrado otro amor y que iba a tener una familia, pero que aun así, nos seguiría mandando dinero.

- ¿Y abuela qué hizo?

- Pues abuela, se puso muy mal no paraba de llorar, hasta que empezó a odiarlo y a no querer hablar de él. El abuelo solo duró tres meses enviando dinero y desapareció del mapa.

Un día en Navidad transcurridos 20 años de la aquella conversación, el padre le vuelve a pedir a su hijo que se siente.

- Te acuerdas cuando eras más pequeño que estabas siempre con la abuela y me preguntabas por el abuelo.

- Sí, pero papá, ya hace mucho de eso, además la abuela ya no está.

- Lo sé hijo, lo sé, pero hoy encontré dos cartas de tu abuelo sin abrir que mi madre nunca las abrió. Seguro por rabia.

¿Y qué dicen? - dijo el hijo intrigado

- Pues verás, abuelo aquí explica que estaba en la calle, que se inventó todo aquello porque no tenía dinero para él, ni para nosotros. Le daba vergüenza quedar como un fracasado, y escribía esta carta para despedirse porque estaba enfermo de vivir en la calle. Que jamás amó a otra persona como a abuela.

- Pero papá entonces abuela nunca supo que abuelo siempre la quiso y que quería regresar con ustedes.

El padre llora desconsolado, su hijo le abraza con fuerza y mientras un rayo de sol entra por la ventana e ilumina la foto de la abuela.

LA JAULA

Encerrado en aquella jaula imaginaba como sería volar, como sería pasar entre las nubes, se preguntaba si el sol de cerca era más bonito, o si quemaba más. Se emocionaba pensando cómo sería conocer a otros pájaros y volar con ellos a lugares increíbles. Todas las mañanas veía el amanecer, y pedía el mismo deseo, salir de ahí. No entendía que había hecho mal para estar encerrado. Los demás corrían y volaban a sus anchas en aquel jardín, menos él. Un día algo le hizo despertarse bruscamente. La jaula se había caído y del golpe se había abierto, entonces el pequeño pájaro salió y voló con todas sus ganas, pero cuánto más tiempo pasaba en el aire más envejecía. Ya cuando fue llegando a anciano empezó a descender de las nubes y desde que apoyó sus patas en la tierra se volvió a convertir en aquel pájaro joven y apuesto. Desde entonces un refrán circula por el mundo. "Si te pasas todos los días en las nubes, nunca podrás pisar firmemente en la realidad".

Un mono se propuso dar la vuelta al mundo una vez al año saltando de árbol en árbol. Su hazaña se hizo muy famosa la primera vez que la completó. Él era feliz todos los años esperando aquel día para empezar. Pero llegó un año en el que llegó casi hasta el final y no pudo pasar porque habían talado los árboles y muy triste regresó a su casa. Al año siguiente volvió a intentarlo, pero a la mitad del camino se dio cuenta de que no había árboles para continuar.

Estaba tan triste y decepcionado que pasó tres años sin realizar su hazaña. Aquel año estaba más motivado e ilusionado que nunca, empezó saltando y brincando como siempre, pero al cabo de dos horas se dio cuenta de que ya no podía pasar, no quedaban más árboles. Regresó muy dolido a casa y jamás repitió su hazaña. Se quedó en su pueblo y nunca más salió. Una noche mientras dormía, oyó como caían los árboles a su alrededor. Su hogar quedó destruido y nunca más se le volvió a ver.

LA CORTINA

Movió la cortina para poder verla mejor, la nueva inquilina de enfrente había llegado hace poco y a Estefi le encantaba, no dejaba de mirarla. No sabía cómo presentarse, pero para ella eso no era ningún problema, era una mujer dulce, llena de energía, con una autoestima única y jamás la verás avergonzándose por nada. Sabía que tarde o temprano la conocería.

Todos los días en el salón hacían cosas en común, por lo que seguramente allí podría hablar con ella. A Estefi no le parecía un buen lugar para el primer encuentro, así que sin pensárselo cogió el bastón de madera oscura que tenía al lado de la ventana y caminó por todo el pasillo, hasta que llegó a la puerta. Pero cuando estuvo a punto de tocar, se le olvidó para qué había llegado hasta allí.

EL DÍA QUE TE CONOCÍ

El día que te conocí lo recuerdo como si fuese ayer, me acerqué a ti y sin quererlo me impregné de tu olor, me recordaba al verano, a la playa, al bronceador, al sol. Luego me miraste con aquellos ojos rasgados de color azul cielo. Lo sabes, me hipnotizaste.

La mujer más elegante del local, con aquel vestido blanco pegado a tu silueta. Me acuerdo que nos rozamos, tu piel suave me hizo cosquillas. Te invité a bailar y nuestros labios chocaron, bebimos toda la noche, y acabamos en la playa viendo el amanecer. Allí nos arrancamos la ropa y el resto es historia. Casados hace 10 años, 2 hijos y una vida llena de felicidad y amor.

Se escucha un golpe como que algo cae al suelo, abro los ojos, y veo a una mujer recogiendo unas llaves.

- Perdona, me lo he pasado muy bien esta noche, pero me tengo que ir - dijo aquella chica con voz dulce y hermosa que había conocido ayer.

19

AQUEL DÍA

El mundo se desmoronaba a nuestro alrededor, un sinfín de desastres naturales amenazaban con arrasarlo todo. Terremotos, huracanes y tormentas se producían sin tregua sobre nosotros.

Nos encontrábamos en la cocina, en modo refugio, todos juntos agarrábamos las manos de quienes amábamos con fuerza. En todo el caos había algún momento de "calma" e intentábamos hacernos reír. Sabíamos que el destino había escrito nuestros nombres. Entre risas caían algunas lágrimas, conscientes de que era la última vez que nos veríamos.

De repente un grito rompió el silencio y por un instante volvimos a la calma.

- Diego, ¡ven a comer ya! Deja de saltar y echar agua en ese hueco.

- Ya voy ma, estoy jugando con las hormigas.

ALCÉ LA VISTA

Alcé la vista y entre tanta gente te vi. La noche siguió su curso, intenté volver a verte pero fue imposible. La discoteca estaba oscura, llena de gente y la variedad de luces me hacían dudar. Casi al final de la noche te vi, iluminada de rojo por los focos. Nuestras miradas se cruzaron, y sin abrir la boca parecía que nos estábamos presentando. Los pelos se me empezaron a erizar, sentí como mi corazón bombeaba más rápido de lo normal. Mi mente empezó a engañarme imaginándome con ella, momentos de vida juntos, de viajes, de pasión, de desenfreno, de familia con hijos...

De pronto bajé de soñar contigo y volví a la discoteca, alguien chocó con mi brazo, volteé y eras tú.

Nuestras miradas volvieron a coincidir durante un rato, me picaste el ojo y sonreímos cómplices de nuestros pensamientos. Luego te perdí para siempre entre la gente. Aún siento que todo sería diferente si hubiera tenido el valor de agarrarte la mano.

DORMÍA

Había mirado el reloj de pared un par de veces mientras cenaba. La soledad de aquel comedor lo mataba. Terminó rápido de comer, lavó los platos y se dirigió al piso de arriba. Se lavó los dientes, la cara, se puso el pijama verde y se acostó. Volvió a mirar la hora en el despertador digital que reposaba encima de la mesa de noche. Las 21:00, en punto, como siempre. Sonrió ligeramente, apagó la luz de la mesilla de noche y se tapó hasta el cuello. Cerró los ojos y se durmió.

Mientras dormía empezó a sonar una melodía, se desveló de inmediato, reconocía la canción, incluso sabía las teclas que había que tocar para hacer aquella melodía en el piano. Lo sabía con tanta exactitud, porque la compuso él para ella. Hacía tanto tiempo que se fue. Se levantó y bajó al salón, allí la vio de nuevo como un espejismo tocando para él.

A la mañana siguiente doblaron campanas.

- ¿La historia de Juan Palomo, te refieres? - dijo el señor mayor agarrado a su bastón mientras caminaba por el pueblo.

- Claro muchacho, él era un niño divertido y agradable, siempre se le veía en el parque con los amigos. Tenía muchas virtudes, pero era conocido en el mundo entero por un defecto. Juan siempre quería tener razón, si había que hacer un trabajo, él quería ser líder, en un juego en el parque él mandaba, en el recreo incluso organizaba a los demás, era un niño que tenía que tener todo controlado. La mayoría de la gente se cansó de él.

Entonces empezó a quedarse sin amigos y fue haciendo todo solo; los trabajos de clase, jugar en el parque, ir a la playa, al cine...

De mayor fue un cocinero muy reconocido y trabajaba solo en su propia cocina.

Él decía: "No necesito nada, ni a nadie, confío en mí y sé lo que valgo".

JUAN PALOMO YO ME LO GUISO , YO ME LO COMO.

LUCES DE COLORES

Las luces de todos los colores, la música alta que vibra los cristales, se escucha a la gente gritando, la sala llena de personas apretadas, todas bailan, ríen y beben de sus vasos de cristal. El olor a sudor y el calor empiezan a ser insoportables. Se me había pasado el efecto del alcohol, así que enfoqué la salida y me fui, pero mi vida cambió radicalmente aquel día cuando saliendo de la discoteca me tropecé contigo. Te vi sola en la acera, estabas preocupada, mirabas a ambos lados, parecía que buscabas a alguien familiar. Pero no había nadie. Entonces me agaché y con cuidado te acaricié, tu rabo se movía rápido y con fuerza. Me babaste contenta por haber encontrado a alguien que te tratara con cariño.

AMIGO

Ayer iba caminando por la calle pensando en mis cosas, cuando alguien en la otra acera me llamó por mi apodo. Me giré rápido.

Era mi mejor amigo, bueno lo era cuando estábamos en el colegio. Nos miramos y finalmente nos saludamos de aquella manera, la conversación fue fría y concisa. Luego mientras cada uno cogíamos caminos distintos me quedé reflexionando, mi mente iba recordando momentos de mi infancia con él. Recordaba las noches sin dormir hablando, los vacilones en clase, los partidos de fútbol, las películas que veíamos, las batallas.

Por un momento me dio nostalgia de todo aquello, y también sentí rabia. Nadie nos prepara para estar solos. Nadie te cuenta que naces solo y te morirás solo. La gente te acompañará en momentos de tu vida, pero tal como vienen, un día se irán.

Printed in Great Britain
by Amazon